36

第36届青春诗会诗丛

《诗刊》社 编

烟柳记

芒原 著

长江出版传媒

长江文艺出版社

芒原，原名舒显富，1981 年生，云南昭通人，警察。参加第三届《人民文学》新浪潮诗会，获首届中国公安诗歌新人奖。著有《舒显富诗选》。

目　录

辑一　亮了

身体里的晚钟　003

时空图书馆　004

烟柳记　005

江水辞　006

讨伐　007

伐月　008

烟灰与风车　009

抱头痛哭的雪　010

海鸥　011

远眺澜沧江　012

亮了　013

土拨鼠之歌　014

流水上的朗诵　015

提灯　020

021 铁轨下的豹子

022 望天吼

023 那么多苹果突然跳起来

025 夜宿抚仙湖

026 菩萨

027 删除

029 土豆

030 红色高跟鞋

031 切割机狂想曲

032 哭声

033 下雨

034 樱桃树下

035 浮生半日

辑二　人间四月

039 相逢

040 夜饮

041 晚安

043 磨烈山中

044 暮色降临

045 万古愁

046 一个人的怀乡路

旷野上　049

献诗　050

离别咏　051

圆明园遗址　053

观根栽盆景　054

在孤山　055

又是苹果花开时　056

游豆沙古镇　057

十四行：和晓峰兄断酒歌　058

过罗平不遇　060

拉祜族老寨　061

在果园里作怀古游　062

怀疑论　063

水的误解　064

登凉风台　065

人间四月　066

石龙河　067

白　068

己亥冬夜，与雁超兄弟饮茶　070

辑三　清风帖

敌意　073

074　蚂蚁帖

075　山水颂

076　李花白

077　写在纸上的春天

078　清风帖

079　后退

080　大寨子的日落

081　还俗

082　飞来石

083　过大山包

084　画

085　说空的物事

086　杂咏

087　泛舟记

088　午后浇地所见

089　想起老博尔赫斯

090　古树吞碑

091　黄沙覆身

097　灰烬

098　那么多孤身一人

099　此生

100　少年

101　撞响

某个喝茶的下午　102

沸腾的黎明　103

横江秋夜　104

辑四　与流水书

狮子美学　107

春风祷　109

天空往事　110

对话或呓语　111

自由落体　112

梦中　113

白纸黑字　114

以梦为马　115

沙子的世界　116

破庙中的审讯　117

江水磨孤刀　118

谱系　120

梦里追凶　121

把稻草抱到天空去　122

大海的供词　123

树冠上的咒语　124

演员　125

126 在警史馆

127 来人了

128 黑色幽默

129 与流水书

辑一

了亮

身体里的晚钟

夜深人静的时候，我盼着
身体里的晚钟会一次又一次地响起
会一次次唤醒我骨头中的江水
可是，它就懒得响——
或许，它在某个时刻，甚至清晨已经响过
也或许，是我根本听不到
因为晚钟，是留给最后那道窄门的
它更愿意对着青山响，对着一条江河响
对着一座慈悲的寺庙响
但，绝不会对着绝望的人心响
对着绝望的流水响，绝望的镣铐响
因为一个满心荒草的人
他不配
做这个晚钟的儿子

时空图书馆

有人在心中种树，养花

有人在心中打坐，阻止狂沙

也有人在时空图书馆

给每一个文字进行锻打，并一一淬火

让它有金属的质地，烈火的气息

然后，从天空赎回扣押的雪

从流水，打探一位衰老者不慎走丢的黑发

在图书馆里，一个人高谈阔论

另一个在偷偷撕毁书页

两个投机取巧的恶棍，他们想在

推石上山时，把撕毁的书页当作咒符

控制石头的轨迹，来探测人心

可没有人揭露他们的恶行

他们离开时

管理员，悄悄在他们的名字下

标注了一个

火柴头大小的圆圈

烟柳记

离老家更近了。洒渔河
就在眼前,那么多的烟柳
一字排开。它们
沉默寡言
好像一群吞咽着光阴的哑巴
它们,用骨头击节流水
它们,因冷而抱在一起
它们,背靠着背,根咬着根,匍匐于
大地之上——
忍耐、孤独,这些悲观主义者
时刻准备
交出体内的柳笛

江水辞

坐在澜沧江边，我偏执地认为
江水，是十万大山忍辱负重后的滚滚怒吼
也是一个人，不绕开的日落下流水的骨笛，与哀鸣

讨 伐

"好刀就要用在刀刃上！"
我整天都在细细地琢磨这件事
什么才算得上好刀
什么才算用在刀刃上
我能不能——
成为一把好刀，它需要具备哪些属性
譬如，能不能削铁如泥，疾恶如仇
能不能杀气腾腾，呼之欲出
……仅是这样，我就被它
折磨得喘不过气来，被它一直拷打
有一次，我回老家
看见父亲在砧板上切菜
这个曾经跟我说过这句话的男人
这个几十年很少动刀的男人
正安静地，笨拙地
一次次看准了握在手上的土豆
切片，拉条
一刀，一刀，又一刀

伐 月

从山中回来，两个路人谈及
"一个砍伐月光的人，是多么心怀不轨
又如此丧心病狂。"
"他不会有愧于月亮之树
只会变本加厉，一直疯狂地砍，拼命地砍
甚至白天砍，晚上也砍
砍、砍、砍……"
"他每砍掉一寸，又长出一寸
每收起一寸，又流失一寸。"他们的话
听得将信将疑，但又找不到
丝毫反驳的理由——
他们接着说："他迷恋，乐此不疲。"
"他已身陷其中，不能自拔
把自己囚禁在一座
永无尽头的月光监狱。"

烟灰与风车

五楼上，餐馆的厨师
正坐在天台上打电话，高耸的白色帽子
像天空的一截烟灰
风再大一点，就会拦腰折断
我们互为犄角，我从二楼上一直给他
输送目光。"不能再往上了
天空已蓝得让人心惊。"
楼下的车子来来往往地跑着，喧嚣又躁动
像热锅上的蚂蚁
把日常的不安，变得雪上加霜
有那么一瞬，我真担心
帽子与蓝色
将失去某种平衡
像一个风车旋转起来，令厨师
措手不及

抱头痛哭的雪

雪，一开始就没有停过

在雪中，我已分不清哪片雪花

是魏晋南北的，哪片是大唐盛世的

哪片是从身体里挤出来的

哪片是白发里站着的

哪片是相爱，埋怨，梦里，现实，或未来的

只觉得它白得惊人，白得覆盖了时间

仿佛自己就是那抱头痛哭的雪

很想就此停下

可是，它们还在不停地飘落下来

落在我的头上、肩上、鞋上

睫毛上、嘴唇上、皮肤上……层层叠叠

没有丝毫的哀怨与悲天悯人

只是在洁白与洁白间

用一片

轻轻压住另一片

海　鸥

在海埂大坝，每一只海鸥
仿佛都是从身体里
挤出来的落叶，它们翻飞，搏击长空
而阳光始终给所有在场的人
迎头痛击，它的灼热流淌在每个人的皮肤上
把那么多海鸥的争抢，无数的鸣叫
和鸥影摔在人群中
可那个一直追着海鸥抛洒面包屑的孩子
偏执地想要抛过人群的高度
他一遍遍地尝试，但这注定是失败的
他一次次地抛，又一次次
被更多面包屑覆盖、叠加、淹没
然而，这些从身体里挤出来的落叶
它们还在飞，还没有打算
回到
每个人原来的枝头

远眺澜沧江

天空不能再蓝下去了
澜沧江也不能再蓝下去了
一块蓝色的镜面
会刺穿一个漂泊者的内心，而其他人
还在忙着吃饭、交谈。我又重回观景台上
风，从水流的方向吹过来
吹得让人恍惚，让人生发一些倦意
而滚滚的江水，一刻也不回头
挖沙的船正在作业，渡口已被挤占得很小
小到可以退出自己的历史，直至殆尽
但很多时候，我们还是祈盼
有一个可以摆渡人的渡口，不用太喧闹
不用太繁华，只要能带上相爱的人和牛羊就好
我突然，想去一探究竟
可随即，又否定自己的莽撞
我知道，这只是一个自带枷锁的人
因向往流水，和自由做了一次
虚妄的空谈

亮 了

在幽暗处总有断续的抽泣

忽高忽低，真假难辨。有时又飘离了身体

真想听它，撕心裂肺地大哭一场

打消这个似梦非梦的虚幻

最终，我还是出于自己的职业习惯

对着那片幽暗

大声喊："你站出来！……"

话音刚落，声控灯一下

亮了

土拨鼠之歌

当每一条河都悄然地退出
远处的雪山去逃亡
清风找不到平静的心跳
你还在那里——

扑面而来的沙尘垒得越来越高
水在天空的管道里流淌
草木殆尽在五脏六腑的大快朵颐下
你还在那里——

钟声不再悠扬，注满了锈蚀的意图
翅膀不再高飞，竭泽而渔
盐田尽毁，喟叹屈从于汪洋的风暴
你还在那里——

或者像土拨鼠一样，在地层里掘土
在洞穴解构雪花和美学
收集磷粉，分不清白天或黑夜
你还在那里——

流水上的朗诵

1

春风垒叠，柳岸空望
流水在给流水鼓掌，流水搬空了流水
流水走下了天空
流水，是一个叫阿炳的人
他的一生，都被献给了河底的鹅卵石
所以，流水是盲人的兄弟，也是
他的情人
流水会流泪，吵架，自说自话
流水也会愤怒，只是心中
总有轮明月

2

此刻，我们就站在它身旁
它淙淙流淌，它在洒渔河一去不返
此刻，它优雅、舒缓——
悄然进入每个人的身体，轻轻地荡起波澜
此刻，我们已感受到它体内的清澈

柔软、激情与暴风骤雨

同时，也想感受它透明的渊薮里

带走过多少黄沙，带走过多少草木

羊群、村庄、人世和白发……

可在这虚妄的人世，我们只不过是流水的钟点工

交出自己的第一粒哭声，接着就交出饥饿

青春、衰老和奔波的一生

我们还幻想一场流水上的朗诵

最后，我们每个人反而都成了流水的听众

渺小如水底的砂砾

不堪一击

3

流水一会儿送来白色的塑料袋

一会儿又送来枯叶

一会儿又是空空地流淌

像个超度僧，度着万物，也在自度

我们还是在茶盘上

摆起老曼峨、茶匙、茶刀、茶壶

公道杯、茶滤、茶洗……

端起茶，我们举向河流，在一颗拟古之心

看到这古老的祭祀，一切都不舍昼夜

那些在河里淹死的，穿过河流的

犹豫不决的

还有那些头顶星辰的
都瞬间沉默

4

——洒渔河，这万千流水的一条小支流
它蜿蜒在大地上，以流水的身份确认自己的身份
而我们也用同样的方式，向它朗诵
我们像自己给自己燃灯的人
我们像自己给自己寻根的人
我们像自己给自己饯行的人
每一首诗，都有向生的枝条
都铺满石头、游鱼，和落叶
每一句话，都写着一片月光
每一个词，都写满了骨与血
每一个人，都突然站了起来
向流水，深深地
鞠一躬

5

我们都席地而坐，鹅卵石
用它的坚硬，和我们一同倾听流水
与每个人都找到共鸣的痛点
在来年的春天找到自己的渡槽，并向流水

送出热爱的诗句：

"我喜欢洒渔河的秋天

不仅仅是收成带来的欢欣，更多的是

它的河水，迂回在这片土地

像——

一把射雕的大弓，秋天搭在弦上

射出的，一半是庄稼

另一半是洗尽铅华的村庄……"

当众多的朗读，都还在

自己的小船上

流水又回到流水的身体里

不为所动，不悲

亦不喜

6

水落石出。为之虚掷的

不是流水，亦不是石头本身

我知道，流水将是人心最后的眼泪

石头，将是最后藏身的

铁屋。那么多的演员，抱着石头

冲向河流，真担心他们会

不择手段，在月光照不到的晚上策划

把一条河拦腰炸断

把流水搬到天空，在流水里注册

盖起秘密的审计室
收走了水龙头最后的自由
让每一个夜深人静的晚上，只能听到
心中的水滴，被拧得越来越紧
这些反串的角色
抱头痛哭

7

洒渔河还在流淌，朗诵的人
突然间就老了。春风绿的是草木
此刻，杯中只有来自布朗山巅的老曼峨
纯粹的苦酽，让它代替烈酒
敬一敬这不息的流水呵，敬一敬
河滩上那些被遗弃的破沙发、旧鞋子
塑料袋、枯树枝、鹅卵石
以及，一把只剩下气孔的口琴
就让流水送一送它们，就让流水在身体上
再朗诵一次，像个善良的瞎阿炳
给罅隙中鱼虾一条生路
给飞鸟——
留下一片流水的天空

提　灯

误入山中小镇，惊愕于

眼前一幕：夜空中站满了提灯的人

个个活灵活现，如同真人一般

有飞天的仙女、采莲的姑娘、摇橹的渔夫

缥缈的嫦娥，有打虎的英雄，有骑牛

出函谷的老子，有酒仙之名的太白，也有落魄的

杜工部，还有王维、苏轼……

我想，这一定是个热爱诗人入骨的人

否则，怎么会让这么多诗人提灯

也或者，就是一个对诗人有切齿之恨的人

但无论如何，他都不像一个野心勃勃的恶棍

反倒更像一个恶作剧的行为主义者

把一场魔幻现实主义的哑剧，植入现实

让每个误入者来不及躲闪

都身陷其中——

练习隐忍术，看着自己内心的风暴

会不会被那些灯光

迷惑

铁轨下的豹子

山河暖，凉意深
人就是一支被时间削尖的铅笔
从每个如白纸的清晨开始
把疲软的面具，涂改为每天的云淡风轻
把蚂蚁的弹壳，换成鲸鱼的巡航
可在事物的内部——
对立的统一，辩证的悖论，都已形同虚设
在视觉消费的年代，诗歌
是埋伏在歌颂者冷血下羞耻的澎湃
而铁轨下的豹子，用汉字
勾勒出，一块枕木被不断挤压的催眠术
突然，朋友发来微信
他在看南边的残荷、云影和天光
我却在北边躲避刺骨的寒风
我回复他：
南在南，北在北

望天吼

在乐马厂旧址，我们都落入
时间的圈套，一块残损多年的碑帖
只剩下石头的骨架，以及
它身边的荒草，一茬茬地葳蕤而又孤傲
——而望天吼，这石头的神格
它是一只不死不灭，望着天空
怒吼的猴子。见到它，我想送给豢养老虎的人
吼一吼；送给那废墟上盛开的冷兵器
吼一吼；送给骨头与骨头相撞时
吼一吼；当日落压在
黄昏的舌头上，也代喉咙
吼一吼

那么多苹果突然跳起来

在果园里，我被一个个

苹果，逼退

再也找不到属于自己的身份

像个用沙子洗骨的人，用多少时间

都是枉费心机，两手空空

也曾试图，在一本又一本干瘪的插图画中

让闪电去磨，可是越磨越沉

越磨越不像有风骨的人

也不敢理直气壮地坐在敞亮的办公室

一杯热茶，一份报纸，一丝走神，慢慢衰老

这是多么地不切实际啊

我依然在自己的水深火热，瓮中捉鳖

依然过得鬼哭狼嚎，撕心裂肺

还试图原谅自己——

多么的荒诞！青春尽失，身体已经破碎

已经没有足够的力气吐出刨花。还能去哪儿呢

即使是拼尽全力的文字

也无法阻挡心中的裂痕，和丧乱

可偶尔，我还在确认，还独自坐在苹果树下

不料，那么多苹果突然跳起来

红色的，绿色的，青色的，甚至

是白色的……

在摇曳的秋风中，唱起了

大合唱

夜宿抚仙湖

整个人都成了湖水的一部分

躺在床上，水声撞击胸口

长亭、短亭，更像争先恐后落水的人

他们在湖里，搓洗枯枝的白骨

在月光下晾干——

孤山与明月，像两个隔空对峙的守望者

一个在吟诗，另一个在喝酒

他们都是落日的诗人

他们并不热衷这浮世的幻景

在无边的喧嚣里，打捞虚妄的冷寂

我翻身坐起

摸着自己的血肉之躯

仿佛少了一根

骨头

菩　萨

在摄影师身上，我看见

一个浮世中的菩萨：自己给自己开示

自己丈量自己，自己用照片

留住菩萨的金身，也留住工匠的锤痕

还有时间的穿肠与莫名的弹痕

看一眼，就不能忘，就触目惊心！而那些把菩萨

当作靶子的人，或许仍活在我们中间

一个个都慈眉善目，平静而安详

像极了另一尊世相中的菩萨

他们仍在大快朵颐地谈论因果，和慈悲

谈论信奉，虔诚，以及忍耐之心

花开和花落，沙中法身……

某一刻，我怀疑

这些人已越过菩萨的边界

企图

活在每个人的心中

删 除

每一刻世界都在朴素流血……

如此清澈的事，可能无需思，无需感伤

——哑石

第一滴雨落在额头上

它透明的心脏

认出了另一滴透明的心脏

山雨欲来，我的身体上，让它们

羞于袒露心迹

紧接着是：第三滴、第四滴

雨与雨滴之间，被裹在越来越多的雨蔓里

它们不断地重复、吞噬

甚至毫不手软地删除前面的雨滴

在雨中，我手里的卷宗，也渗进了雨

那些红色的手印沾满了雨滴，指纹在垮塌

所有的口供，所有的陈述，都在

退让。这令我心乱如麻

不知道该挽救谁。谁先谁后

更担心这雨滴，它巨大的删除能力

会不会把不同的身份

混为一谈

土 豆

那个躺在床上，闭着眼
数土豆的人，他应该没有追问过
什么是土豆，土豆从哪儿来
土豆是一个人，还是一个子虚乌有之地
土豆本质是什么，有没有魑魅魍魉
之心。甚至，会是你，是我
还可以是他。或者是
一个施咒的——
他还在不停地数着
他没有顾及每个人对土豆的态度
擅作主张，秘密地
把土豆
藏在不为人知的
心上

红色高跟鞋

从精神病院出来，那个
被送进去的病人，将常驻于此
在他的睡眠里，失眠的人就是时间的钟摆
久了，就会模糊虚与实的界限
他说，他毫无来历地飞向了大雪山
耳朵里有人搬运巨石
每一次海水的冲击，都是一场粉身碎骨
最终，他落脚于一双红色高跟鞋
像火焰的红，像桃花的红，烧毁了他身体上
最原始的欲望。一个暴露狂，已无药可救
他还说，一截黑黢黢的枕木被托住
冲向黑夜的火车
消逝在癫狂的隧洞，像一枚镍币
我来到街上时，一个女人的
高跟鞋，也是火红的
正与地面撕咬，同时发出
尖叫

切割机狂想曲

每次经过那个五金店
都能闻到，铁的皮肤被割开
它腥臭、刺鼻
而那台切割机下，又放上新的铁巴
我太熟悉它切割的本领了
多年前，在温州工厂里就领教过
只要一打开电源开关，它就一路打开喉咙
撕心裂肺，它的持久和耐性，注定一生的疯狂
它切割铁皮、铁块、铁棒、钢管
也切割路面、墙壁、岩石
正因如此，我突然想到，它会不会切开
人的头颅，查看那些至死的小秘密
那些不切实际的动机。事实上
医生为了治病救人，也切人的头骨、颌骨
肱骨、髌骨、腿骨。但就是这一念
还是令人心虚，我宁愿相信
它的狂想曲
只是出自一种机械的本能

哭　声

天空是闪电的故乡，梦是人的故乡

清晨的水龙头，听到一个人内心深处的

流水之声，被围追堵截

妻子在催促，儿子也在催促

——"要迟到了!"

可我还在低着头，用清水一遍遍

清洗脸上的哭声

像个贪婪的人，把一盆肮脏的铁屑

泼在时间的

墙上

下　雨

一个在抽烟
而另一个斜靠在沙发上
灯光陷入了天花板的白色调子里
他们都没有交谈的欲望
只是枯坐在时间的门外，耗尽寡淡的职守
时针并没停止，他们听到了
很多屋檐下，翅膀，在人的向心力里
被折断，而且越来越密集，越来越
紧凑，像鼓点般铺天盖地
他们本该搜查一场风卷残云的心脏力学
本该扣押一颗头颅狂热的辩论
但，他们已分不清时间的巨大涡流
其中一部分
或许来自他们自己
也或许来自
对忍耐失去了兴趣
"下雨了。"
另一个说："嗯。"
下雨了——

樱桃树下

已是孟春，可樱桃树下
更多是枯死的草和新翻的泥土
花已开，却没有怒放的尖叫，也没有
疼到骨子里的滚烫，也没有
一朵从心中盛开的樱桃花。庚子年的春困
把风霜的闪电刻进花瓣
把人间的雷鸣深埋于天空中
把遗忘，或悲歌，都瞬间拿出来
遥望，那从孤岛回来的僧人，他红色的僧袍
像凌空撕碎的火焰，挂在树枝
刺目而虚无。落花——
已带走很多人嘶哑的喉咙
当我弯腰捡起自己地上的身躯
重新放回水中
突然意识到：樱桃树
是另一只
摇摇欲坠的手

浮生半日

孤独是绿色的。我在山中

看到松树、荨麻、苔藓、蘑菇

它们相安无事，都不曾把孤独刻意地放大

恰恰是人类，总在处处设伏

步步杀机。当我钻过一片灌木林

巨大的岩石，像大地风化的

一颗坚硬石牙。它锈迹斑斑，它藏在深山

与月光、鸟鸣、山涧同享日月光辉

坐岩石上，我还是高估了自己

它虚空的身体下，是深不见底的山谷

这还是让我莫名地担忧和心虚

这时，松涛阵阵

正从谷底漫上来。而不远处的林间

传来女儿的笑声，碰撞之时

我必须全身而退

是时候，带她们回家了

这是我一遍遍的

归途……

辑 二

人间四月

相　逢

——来不及看夜空。那么多星星挤在一起，清晖洒在银器的渡口。

——来不及去思念。那么多故乡失守的人，在岩层底部偷光凿壁。

——也来不及去死。那么多爱才开始沸腾，月光已经走下了山坡。

夜 饮

——夜访朱零

在哪里不重要

不论是北京，或是云南

河与山，并无两样。可以忽略

吃什么不重要

不论是滇菜，或是川菜

都是菜，一样穿肠而过。可以忽略

喝什么不重要

不论是杜康，或是明月

呼儿的轻，万古的愁。也可以忽略

唯有大理：月下排排坐，在本园里读诗

十个人，十条小船

在那夜的洱海潮声里荡漾

至今，被磨成一把

月光匕首

晚　安

又一次失之交臂

那个油菜花从骨头里开出的地方

它呼唤我，可我拒绝了它

我像一个不配拥有花香和金黄的囚徒

而那些翻滚的波涛，是大地上镶着金边的乌云

会让我在时间里越狱

在身不由己的现实面前潜逃

可又不能。我相信在挂断电话的那一刻

坤哥①是懂我的，琼姐②也是懂我的

唯独这边的黑夜

——像张又爱又恨的巨大渔网

仿佛是它故意在骨髓里点灯，在电网下监视

故意在狼狈不堪的身体，种植流水

但事已至此，那就随它吧

那就默念：晚安！

默念从凌晨办公室走出的每一个人

默念空荡荡的大街上，那些被释放的身体

被放生的自由，是那么的冷清

_____

① 坤哥，本名何晓坤，云南诗人。
② 琼姐，本名舒琼，云南诗人。

和无所适从

晚安

磨烈山中

在磨烈的山中

我时常担心，那些热带植物

会随时抓走路过的人

一阵撕咬，并抛诸荒野

然而，独自走过一片片丛林，世上

哪还有什么妖精，而猛虎也早已藏于深山

或豢养笼中，这里只是磨烈茶的产地

每一年，茶叶都会被带走

每一年，都会有一些人不请自来

每一年，都想停一停，可谁也停不下来

我倚木小憩，不想再往下想

突然，有声音穿过树林问："你到哪儿啦……"

当这些声音抵达时，我故意不回答

我想让它们穿过密林

在绿叶、野花和树影间，飞一会儿

再歇一会儿

才回答

暮色降临

再也没有惊喜，和辽阔

窗口，只是我看风景的一个甬道

暮色降临

把一个人慢慢囚起来

是痛风让我无法正常行走，像个乞讨的乞丐

把一双疼痛的眼神递给越来越深的暗淡

想缩回来，又是一场躯壳的冒险

曾经，是个健步如飞的人

在心的铁匠铺里，打铁，喝酒，锻造兵器

从火焰中去掉铁锈，在火星四溅里

抱铁入眠，又一次次孤愤，淬炼，攀登

把一个铁匠的活计，练得炉火纯青

把生活的苟且，抛给流水

而此刻的我，正坐在暮色下，等待

某个敲门的声音突然响起

让深不见底的暮色

退一步

万古愁

——兼致滇中诸友

暮色残留湖面，月亮落在水中
兰隐、翔武、小缺和我
以及眼前的岩石、崖洞、亭台
庙宇、草木……
在此刻，都成了孤山的仆从
我们对着湖水喊，对着苍茫的天空喊
它们无声无息，又无动于衷，惟有那一面月影
像块波浪中闪烁的白玉璧，令我动容
令我思绪万千，突然像个
等待救援的人，那胸中的万古愁
又怎能敌得过
古墓上那句"四面碧涛
惊梦客"。

一个人的怀乡路

1

在乡下，星星坐在天上
俯视人间：草木暗涌，花朵微小

从乡下走散的人，一辈子再也回不去

三姐去意大利，苹果刚好熟了
自从那年，母亲都会坐在苹果树下等

等一个迟迟未回的人，等她的
花开和花落

2

衰老始终是要还给时间的
正如你盼望着回到洒渔河

在远方，当你头戴星星时
母亲却在日光下，生火做饭，缝缝补补

你一直在寻找流水，和琴
寻找一阵风的战栗，和一个词的凋谢

你说，这世上，万物都遵守着古老的秩序
你不过是一朵漂泊的蒲公英

你说，你很想念母亲，一些潮湿的亲人
又在春风里，活了过来

3

每次电话，总是喋喋不休
像雨水唤醒天空，落在了滇东北高原

像草木，像尘埃，像个丧乱的人
悄悄地潜伏在人间，偷听来自异国的花开

你还在继续复述，问及老房子
儿时的玩伴。其实，有的人早已离开人世

一个老农夫的女儿，不会谈美学、政治、宗教
她善良，忙于生计。有心而无力

她一样关心着物价上涨，柴米油盐

她乐此不疲，狂热、自私

4

你把回乡的路，埋在
心底，埋得很深，也很透彻

回乡的路，可以很短，绵藏于针
你说，也可以很长，一生都流淌在江水里

昼夜不息，永远都叮叮咚咚

我想：人之垂暮，就让她坐在枕木上
在寂静的灯火中，替你还乡

5

嗯嗯，月光空着，家
就在低处。人世，是一封寄不出去的书信

旷野上

旷野上，三种事物是最迷人的
落日，暮色，野花

它们相安无事，紧凑，又各安天命
像三个家庭，代表着流水
送走的是镜中的光滑，和哭声

从山顶走下来，我听到万物窃窃私语
细小的水珠又回到它们中间

献 诗

多年来，看夜幕慢慢降临
我们不开灯，也不说话，等月色覆盖暮晚

很多时候，我把双眼都投向星空
你和我站着的距离，恰似一条河的宽度

流水不息。心中都有小小的波浪
像极了日常的口角，一群扑棱棱的小泥沙

而多年以前，你独自一人
站在桂花树下

离别咏

——兼致杨碧薇

"人生是无趣的
若不喝酒，那就更无趣了。"

是的，一个无趣的人，我听到
他身体的仓库正被搬空，开始堆积灰尘

昔日，他也在酒里埋伏，无酒不欢
酒就是兄弟，酒就是情敌
酒就是酒的桃园结义，酒就是柳暗花明下
又一重火焰

可以喝得天塌地陷，气吞山河
可以借酒明心，抽刀断水
可以前不见古人，后不见来者，可以
酒逢知己……

今夜，饯别是掉在酒里的月亮
所有的美意，在这一刻，都是明晃晃的月光
都是一架轰炸机，穿过远方的地平线

而今夜，也请允许一位痛风患者
说一声：抱歉！

窗外，星空辽阔，夜色冒着酒气
愿顺利，愿皆安！

圆明园遗址

石头也会说话，流血，也会哭
此刻，石头就该回到石头中去

在大水法，年轻妈妈说，这就是侵略者的暴行
孩子太小，追问着为什么
残桥，耄耋垂暮的老人，坐在轮椅上
面对湖水，白发如絮

凤麟洲，情侣们正忙着跟桃花合影

圆明园，就是一座石头灰烬的博物馆
残垣断壁，断壁残垣

春风浩大，柳条的舌头
压在时间的天空下，越垒越高

观根栽盆景

他一直在等旷世的作品，但已两鬓斑白

他的那些盆栽，已经山穷水尽
崖柏，还没有裸露出浅灰色的枯骨
黑刺，还没有造出体内的河
杜鹃，被扭曲，却没开出鲜血般的花朵

梅花，刺柏，罗汉松
山茶，火棘，冬青，金银花
它们，匍匐在花盆里，又绝处逢生
像时间的笤帚，无力掸去这秋霜点染的人世

他老了，再无力气给自己
磨刀

在孤山

在孤山，每个人
都给流水抛出一个答案。

明月如镜，心如镍币。当浣洗的月光
进入辽阔的湖面：古人何在，来者又何在？

我独自在舍身亭，看脚下悬崖
正惊涛拍岸，一颗怀古之心撞击而出——

月光与山色齐飞，终归于水底
碧涛涌向了天空，又返回了琉璃万顷。

而岩石上的白鹤，露出
一点孤影。

又是苹果花开时

年复一年，苹果花都很准时
纯白的，粉白的。谁也没有想着一劳永逸

在《白》这首诗里。我曾说："苹果花
怒放成一座隐秘的发电站。"

是的。我心中还有一座大坝

当日渐衰老的父母残年风烛
每一朵亮着的花儿，都是裂开的伤口

游豆沙古镇

第一通电话，他没接；第二通电话
是他打过来的，说在上课

此时，我正站在豆沙古镇的入口
天空飘着小雨，湿漉漉的

巨大的山谷，像两页肺。

和他见面时，已错过五尺道，唐袁滋
的摩崖石刻，和僰人悬棺

他变胖了，像个落草为寇的草莽。

一个与时俱进的古镇，确实
提不起兴趣

一夫当关，万夫莫开。

分手时，我们没有拥抱，也没有
握手。他目送我离开

十四行：和晓峰兄断酒歌

自患痛风以来，尿酸居高不下，发作的频率越来越高，有蔓延之势。故医生告诫，须断酒，调养生息，适度运动，方可治愈。后观晓峰兄（芮自能，字晓峰，云南大理人，警察，工诗词）的《断酒歌》"一箭酸风偏射眼，几枝病柳压梅攒"，心神两契，胸中戒酒之块垒，烟消云散。又念三年前在重庆涪陵首届全国公安诗歌研讨会相识，一见如故，遂和之，赠之。是为故！

——题记

两个警察，两枚钉在时间墙壁上的钉子
挤压就是命。挤压着薄薄的骨和血
你在滇西，我在滇东
谁都不敢轻易地脱轨，离开自己的现场

险中求生，两个抑制着内心丧乱的书生
文字也是命。在人间，罪的法度里
你试着填词，我尝试写诗
在青草淹过头顶的日子，给黑夜的最多

世事无常，你我都是被无情鞭打的陀螺

旋转还是命。那么多的曲直，黑白

抽一下，再抽一下，再抽

有时是碰撞的泪，有时是脱落了的铁花

海上明月：来、来，干了！来、来

咽下，这人生最后的破碎，再也不回头

过罗平不遇

车在飞奔，山水在后移

过罗平，又与盛开的油菜花不遇

身边是一名故意伤害的逃犯①

他非大奸大恶，也罪不当诛，但可憎

一个对亲人都痛下杀手的人，真不值得可怜

他无心观看撞上来的油菜花

那一地金黄，仿佛一座密不透风的孤岛

"再也不用躲了，可以安安稳稳

睡觉了……"那一刻

我听到心中囚禁的油菜花

正纷纷扬扬

凋谢

---

① 此逃犯，系昭通网上追逃人员，于 2017 年被罗平警方抓获，由我和另一民警带回办理。

拉祜族老寨

这是那个猎虎的民族
信奉的是葫芦，骑着的却是落日
随处一走，便可以遇见茶树
随处一坐，便可以喝醉
那一日，为了解酒，一起在多木家
吃捣碎的野生多依果
多木的妻子说：
"这是神赐予的美味
酸酸苦苦。"

在果园里作怀古游

落叶满地。一封压在舌头下的信笺

李树是王维，它的白

有空灵之境，我要拜一拜

香椿是李贺，这个短命的狂书生

满身的桀骜，我要拜一拜

桃树是贵妃，回眸一笑

便六宫粉黛无颜色，我也要拜一拜

苹果树是杜甫，我更得拜一拜

每当霜降来临时，它呕心沥血沉淀的糖分

像生活中很多的人，被挂在树冠上

高悬而低垂，火红而通透

风一吹，就忍不住

向满地落叶，凌空

拜一拜

怀疑论

整个晚上，我都斜靠在床上
一动不动。灯光
从蚊帐漏下来
有着火麻一样的构造
密集，尖锐
针锋相对，欲压扁我心中的
瓷片。而这一切
就像昨天的信封，叠满了弹劾的闪电
像夜的渡口挂着蛙鸣，吹起明天
的风。这"风"呵——
既是现实的，
亦是虚空的。
恰巧，一句："树欲静
而风不止"，掠过心间
窗帘闪动几下
我知道——
是它们真的
来了。

水的误解

其实——
瀑布是站着的流水
地下河是潜伏着的流水
冰块是龟息的流水
井水是遁世的流水
而山泉水是沾满仙风道骨的流水
贴着地面滑行的
可能是污水，也可能是
来自万米高空的
雨水

登凉风台

——兼致昭师诸友

对着苍茫的群山
大声喊："我们来了，你能
——听见吗!"
可如今的这个"你"，又在哪里呢
其实，在哪里又能怎么样，惶恐总大于追问
记得我们九个人，登及山顶，站在悬崖
意气风发。那一刻，风很大
所有的轻狂都听不见，所有的尖叫
都终归于空旷
风，才是凉风台最大的赢家
我们只是荷尔蒙指引下的一群纸狮子
胸腔里全是歇斯底里的青春，和放肆的狂沙
只为看一眼日出，一整夜都蹲在
瓢泼大雨中。时至今日
我们早已一败涂地，肝胆俱散
庆幸，我一直把它立在心中，每天都去
登它一次，每天都去
喊一声

人间四月

迎着风，流下的泪都被吹散

这人间四月

我是我自己的群众演员

也是我自己的卧底

还是我自己假惺惺的暗探，一切泪水

终将，归于平静

终将，在小说的楼阁搭建空梯子

终将，练习水滴穿石

之后，把大海搬到琴键之上

在心与心之间拆除

钢丝

石龙河

沿河而上，空气越来越湿润，草木
越来越葱茏，苔藓爬满一地，像一件彩色
的衣裳。空山无人，林深鸟疾
返回时，一群疯狂的人，坐在石头上喝酒
构想一场旷世的诗歌音乐节
必须把发电机安装在另一座山顶上
舞台搭建在流水旁
灯光师应该让繁星来做个背景
至于青山和苍松
就是主题。说到性情激荡处
有人拿着酒瓶充当麦克风，唱了起来
"天边夕阳，再次映上我的脸庞
再次映上我那不安的心……"
那一刻，每一块石头都是宇宙的中心
在石龙河里，数不清的石头
聚在一起
这算不算一次集体
出逃

白

过洒渔大桥时，苹果花

怒放成一座隐秘的发电站。每一朵都亮着。

那么多苹果树，沉默在天空下，耗尽最后的汁液。

那一刻，我用微信

给一个叫岚的人，发送照片

告诉她，这里——

没有生的苦，亦没有死的痛，"眼前的事物

是这片土地上，最干净的粮仓。"

我即使在梦里，也坐在石头上，听流水

翻动体内的花香。去接近事实

去接受被苹果年复一年，无偿的供养。

她喜欢上了，跟我说："喜欢白色，死了，就把我

埋在梨树下……"像个玩笑

更像故事，主人公割开的帛，使情节急转而下。

——我始终绕不开

——我始终提着空篮子

——我始终惯于将果实握于右手

——而那么多苹果树，始终沉默在天空下

耗尽最后的汁液。剔除文字，我只是黔驴技穷的匠人。

之后，她又说："死了，就把我

埋在梨树下。只想心里有块地方，永远

保持一种心境……"

仿佛，这像一块令人迷恋的糖果。

我问她，谁埋我呢？她笑了

然后说："你还有老婆

和孩子哦。"突然，我怎么承受得了

她的白！

己亥冬夜，与雁超兄弟饮茶

茶壶里的水，是滚烫的
对面三楼，入喉的酒，也是
滚烫的；楼下面嘻嘻哈哈的少年
他们的心，也是滚烫的
可两个人的世界，沉默得像入世的石头
我们心照不宣，却往窗外的黑夜
凝望一下——
瞬间，寒冷就被拦在窗外
昔归茶气足，回甘生津，喉韵中含有甜度
我说出一片叶子对沸水的解构与消融
也包括置之死地的孤绝
最后，他说起瓶子具有的普遍性
我知道，那个瓶子的历史与自己有关
取下，或者敲碎瓶颈
与滚烫无关
于是，我又往更深的暗夜
看了一眼，他却不去在意了，把杯子
轻轻放回桌上

辑 三

清风帖

敌　意

花香溢出一半，就停住了
落叶旋在半空，就停住了
露珠的小女儿还在襁褓之中，也停住了
我是一个在乌蒙山贩卖雪花的人
日复一日，年复一年
每天都在出售洁白，都在封山
都在讨伐，终其一生
还是皮囊空空，仿佛被出售的
是自己身体里的对峙
彼此之间
产生小小的敌意

蚂蚁帖

蚂蚁很小，从它们的身体里

找不到骨血，但它们奔跑的速度里

藏着一头练习飞翔的大象

它们各安天命，又彼此生生不息

觅食、筑穴、搬运……在绿荫如盖的柳树下

我看见很多蚂蚁成群结队地迁徙

一场凶猛的暴雨将至，将会打破日常

卷走它们小小的命

突然，我意识到：再小的命

它也是命。它有理由逃避、挣扎

甚至用一生的匆忙

掩饰焦虑

山水颂

过曲靖时，想到了罗平的油菜花

过昆明时，想到了玉案山上的筇竹寺

过楚雄时，想到了哀牢山

过大理时，想到了三塔，和洱海

过澜沧江，只剩下了流水

每过一处，都会想到一些人和山水

仿佛记忆真的很可靠

其实，这才是最荒诞的人心

我们三个人——

从昭通到昆明，再到临沧

像个坐在地球上攀爬的瓢虫，狂想

而孤愤，咏而歌

一路上，能固守的山水

有多少

李花白

果园里，那么多的李子花

像一场花事

在一阵春风后，秘密地

集结——

白得，像一架白骨

白得，像一尊墓碑

白得，像一条乡路

白得……

甚至，开始怀疑——

自己

是否还活在这寂寞的人间？

写在纸上的春天

歌咏，或纵酒

给花朵一个安抚悲伤的理由

把这个不同的春天，统统写在纸上

让灰色、凋敝，都擦洗一遍

相信："恐惧的伤口会开出明亮的花朵。"

也相信无助、焦虑、煎熬、疼痛

都会灰飞烟灭

妻说，"樱桃花开过

就会轮到梨花、桃花、杏花

迎春、夹竹桃……"

在彼此无法预测花期的身份里

就做个穷途末路的

守墓人

清风帖

很多时候，上当受骗的不是眼睛
而是被眼睛涂上的
色彩。像夜空下的果园
清风急转，吹动影影绰绰的苹果花
一瞬间，很多白色在奋力摇摆
像一个在山脚下摇手的人
十万火急，急得直跺脚，而又无可奈何
是距离，这人间的瞎子，割断了
物与物，人与人，宛若风筝般的联系
同时，也暴露了
数以万计花朵内心的秘密

后　退

山巅之上，暮色四起

走在下山途中的僧人，扛着一截古老的水杉

木头上挑着两颗滚圆的物体，一颗

是山峦，另一颗是他的

光头。他向前一步，人影就后退一步

他向前一步，黄昏与霞光

就退后一步

渐渐地，群山在后退，沟壑在后退

在目力所及之处，乌桕树和苍松也在后退

哦，一切都在后退

突然，我摸摸自己所剩的

206 块骨头——

感觉无力

后退

大寨子的日落

整个山村，住满鸟鸣的菩萨

在大寨子，日落又度了我一回

老支书在介绍贫情，入户的人

透过窗户的暮色，正在低头记录数字

太多的真实叠加在一起

就让人喘不过气来。我身在其中，却沿着

一条叮叮当当的路返回

此刻，黑颈鹤正从头顶飞过

它的轻，涌上心头

脚下就是金沙江，曾经的奔腾

有没有带走过那些

一身漂泊的

轻

还　俗

一个久居山林

还俗的人，他最终活成一个

在内心博弈的僧人

他从女人的火焰上看到青灯，又从盐里

看到了海水，从橱窗里的仿真花朵

看不到春风吹拂，却依然盛开

所有的不平凡——

都是平凡的极致，所有的修行

都是内心的执念

他曾视万物为亲人，视行善为功德

殊不知，生活是另一座深山

得重修庙宇，金身重塑

把黑夜里穿云而过的闪电抛下

等风起，等胸中的月光

逼出明亮的

胆汁

飞来石

如果用一个"飞"来形容人

会是什么结果

但用一个"飞"来形容石头，就无可厚非

因为它有坚硬无比的躯壳，甚至

有一副铁石心肠——

在每个失眠的晚上，我就觉得自己的心中

也有一块飞来的石头

它来路不明，像个心腹大患

常常试图将它搬走或移除，甚至秘密地炸毁

可时间久了，它似乎已成身体的一部分

所以，在每个能够熟睡的夜晚

就会梦见灵渠的飞来石

它根本就不会飞，是用命撞来的

它撞的姿势，都被

视为自焚

过大山包

车在山间迤回
那些被甩向山崖的矮松
总用一种向下的姿势，拍打着车窗
然后，就消失了。正是这姿势
五年来，还是没有平息我心中的烽火
没有止戈我心中的内乱，我还在自己的江上
独钓寒江之雪，乱石穿空
当日，很多诗友都写下了动人的诗篇
都认领了自己的孤峰和星辰，也收集了雪花
每个人都腾出一块流水的空地
豢养一群绵羊，等集齐了北风笛孔里
吹出的笛音，就再相逢
可这一次——
我只身前往，还来不及悬崖勒马
就一败涂地

画

画布已是一潭死水

画中的鱼

都想纵身一跃，挣脱布的束缚

事实上，我们都是低头赶路的鱼，都在心中

修筑月光隧道，借助柔软在天亮前

重返热锅般的生活

在自己的灶膛里，悄悄添上时间的柴火

不至于被荒芜冷着，被稻草人

拆掉天梯，被蓄谋的网

又一次遣返

所以，那个站在高高的钢架上

自称要跳楼的人，没有

引起多少惊诧。相反，很多人抬起头

瞬间，又回到画里

说空的物事

雨水的夏天是空的
住在树上的果实也是空的
同样，还有那些空中的巢穴也是空的
它们在空的季节里
遇到了空的物候。所以，结局也是空的
仿佛一切的空，都将回到空的本质
像雪花，飞旋到半空就空了
像音乐，狂飙突进的时候，也就空了
像一个老电工，企图操控电路
一盏灯也就
空了

杂 咏

日光透过寺庙的窗格，花朵在塔尖
僧人的口里，舌如莲花
在大金塔下
一对未来的新人在拍婚纱照
粉脂如雪，胭脂香腮
塔下的早课，正经声四起
像花间的菩萨
而我此刻恰巧路过，仿若莲台下的童子
满心欢喜，它们的慈悲
用弱小的声音
托梦——

泛舟记

登上竹筏，不知是流水
接纳了我，还是竹筏顺从了流水
一种命运与共，瞬间
抱成了一团。立于筏头，胸中之酒力
正在延宕，而漓江上，冷风扑面，巉岩高耸
让我思接千载——
忽而，有噫吁嚱，危乎之高哉
忽而，有清泉于石上之幽秘
忽而，又有城春草木之深的忧愤悲叹
而脚下，却是水推送着竹筏，竹筏推送着水
恍惚中，听见船家唱："唱山歌来，山歌
好比春江水暖，暖，暖……"
歌声飞渡，在这刘三姐的故乡
我们一群人，又做了一回
流水的虎衣

午后浇地所见

很多人从水源地回来
每年都找到相同的那一部分，欢喜又悲观
仿佛春天的泥土是咸的
惟独苹果树一直沉默，活在它的尘世
不卑，不亢；开枝，散叶
看着忙碌的人们
像一群正在集结赶路的蚂蚁，把午后的影子
背对日落的方向，拉长
再拉长，又慢慢
消亡

想起老博尔赫斯

葡萄是从露水醒来的，每一颗
都是翡翠的泪珠
在看守所我又看见了葡萄
它们正在集结生长
而我却像一名拾慧光阴的扫地僧
一瞬间，就想起了遥远的老博尔赫斯
他的雨里，那么多黑葡萄
在葡萄架下私语
谈论着暴雨之夜，北半球的另一端
更多的葡萄平静地腐烂
或被晾干。此时，铁闸将要合拢
我赶紧闪身出来，忍不住
又看了一眼
那些翡翠般的葡萄

古树吞碑

时间在这里慢下来，慢进
苍老的野心，被吞噬的骨头里
——八百年
相当于十个耄耋老人
见到时，我再也迈不开步子
它的忍耐、包容、节制，它的理性
深沉，悲壮和孤独
都像时间裂开的伤口，一直
等着说给人听，说给每个卑贱和奴颜
说给这浮世中万万千千的皮囊听
它固执，疯狂
它要把那些写满文字的石碑，重新雕刻
可我只有小小的八尺肉身，身上
再也没有更多的文字
我的坚硬，已变得苍白无力
也许有一天，石头
会代我流血

黄沙覆身

1

在哪儿，都有绝壁，都是阳关
我哪儿都不去，但也不妨碍心中修一座庙

关内插柳，关外种菊。在路旁
盖上长亭、短亭，黄沙下埋起烧心的老酒

一个人把守关隘，做自己的将士
在白纸上练兵，在每一个黑字里金戈铁马

累了，就给先生写一封信，等邮差
苦了，就抄寒山之诗，读摩诘的空山新雨

其实，每个人都在阳关内，而人心的秘密
却是古老的灯盏，春风一吹又绿遍了江南

2

在这里，谁也不需要摆渡。只有黄沙摆渡

黄沙，因为每一粒沙里，都有一个故人

懒得去掩埋沙丘，因为它们是来者的他乡
胡杨，芨芨草，又迎风繁盛

即使活够了，也不用害怕，那就再活一个
世纪：大浪淘沙，黄沙覆身

没活够，让日落归于长河，落霞归于孤鹜
士兵归还妻儿，战马归还草原

让书生不再一生丧乱，不在酒里搔白了头
让自己渡自己，明月渡明月

3

想从沙中脱身，但它已在血液，烫如烈酒
想从沙中撤退，但战鼓无眼，号角已响

黄沙是一座空城，春风难度。黄沙是一座
铁炉，剑已不在手，肉身又何寄

每一粒沙都是孤烟，每一粒长河都是消散
莫高窟、月牙泉，还有雄关漫道

一个人的兴亡，一个人的匹夫。不值一提
让兴亡付流水，天下归鸿雁

那年的白衣人，还在黄沙下还他的风流债
可叹！人生得意，酒中诗书

可叹！吹尽狂沙始到金。那藏身狂沙的人
风还在继续吹，也从未打算停下

4

黄沙自流，那是永无宁日的大河。在未来
一座会说话的沙子，将经久不息

鸣沙之山，一群沙子的天涯海角，沙海上
那些暗涌的波浪，唤醒来者

他们在黄沙里画山居图，黄沙里泼清明卷
在黄沙与黄沙的鹬蚌相争里，坐山观虎

两败俱伤下，没有安置点，亦没有低保户
没有绕城高速，和黄金大坝

黄沙是李白的《将进酒》，是《蜀道难》
而杜甫的草堂，已是大唐的危房

千山是黄沙的千山，万径亦是黄沙的万径
都绝于鸟飞，灭于人踪

5

黄沙就是西北的一匹马，一尊抄经的洞府
沙子的汉字，从四面吹来，堆在心里

那么多黄沙需要超度，终又带走一些菩萨
那么多黄沙需要饮鸩，终将丢魂一些老僧

贩夫走卒在用黄沙筑城，在黄沙征地拆迁
在黄沙里开公司，办企业

在黄沙里搞教育，医疗，保险，办养老院
在黄沙里喝酒，读诗，舞剑

在黄沙里种菜，狩猎，打仗，看万人起舞
一遍遍地抄坛经，临摹《兰亭序》

在黄沙里做个自己，做自己的心肝和脾胃
做出自己的眼、耳、鼻，和苦楚

6

黄沙再次覆身，已无处可退，亦无处可守
黄沙归黄沙，尘土归尘土

出征的将士还没有归来，凯旋被一再压低
哦，白云，还在等吊诡的闪电

不必再退了，心的斥候，是一副铁石心肠
有乌鸫的鸣叫，狮子的柔情狡黠

它在牙上安装了慈悲，在利爪上涂抹蜂蜜
每一道雷声都是鞭子，都令人丧胆

哦，这个自以为是的家伙，给铁注入酸液
又制造着碾压。可每一次钟声都闪烁光芒

7

月亮才爬上广袤的沙丘，黄沙突然就老了
一曲阳关，又言不由衷地唱阳关

人如白驹，愁肠百转，唱也罢，不唱也罢
更不提那浮世，是无数花开和轰鸣

酒埋黄沙，被拧成的是一条暗流；醉人心
不自暴，不营私，不结党

大醉，就躺在响沙上：以月读心；酒醒时
便是：天之苍苍，野之茫茫

风起时，就藏身黄沙，用一生最大的奢侈
以沙洗面，以沙解渴

灰　烬

在某些时候，灰烬更像
一棵树，一堆石头
一张寄送到遥远天国的纸钱
甚至是船票，铁塔，书本，一碗烈酒
一纸判决，一具被白鹭运往火葬场的仓鼠
灰烬之所以为灰烬
它的虚无：更像蔚蓝色的苍穹，寺庙的钟声
更像血管里的衰老，流淌的时间
暗中偷偷监视的眼睛，一言不合的肉搏
让人充满恐惧——
想想自己终将成为灰烬的一生
无限的不安和美
都服务于这肉身，从始至终
就心灰意冷

那么多孤身一人

去往凤凰陵园

石梯是一条伸向天空的绳索

它逼仄、陡峭、荫翳

满山密密麻麻的坟墓，恍若散落的星辰

隐没在斑驳的碑石后面，荒草丛生

这是他们活在人间

——最后的一点蛛丝马迹

他们是我们亲人、朋友、同事、战友、邻居

甚至，还有囚徒、贩夫、乞丐……

或许有一天，我也是他们中的一员

但，这都不重要了

上山的人，还在陆陆续续

谈笑风生，唯独

那么多孤身一人

仿佛

从未来过

此 生

在碎成玻璃前
必须筑起自己的堤坝，否则
那么多的沙子，那么多的荒草，那么多的
虚掷，怎能抵挡这日复一日的落雪
和心中滚滚而来的江水
当端起杯中的茶水，两种沸腾的命运
交织一起，我没有急于喝下
而是选择放回桌上
再一次
让它们凉下来

少　年

纵身一跃。那个捕鱼的少年
早已一声惨叫，脚被埋在土里的玻璃扎破
红色渗过脚底的污泥，又滴向
松软的土地。它的红，甚至超过了
河水的颜色，固执地往外涌
我就是那个少年
直到今天，我并没有恨过恶意伤害我的人
反而是我，或者更多的我
伤害了他。因为我们小小的野心
无情地践踏了他的心
才导致无声的
疯狂

撞　响

是不是日有所思，才导致
夜有所梦，是不是自己欺骗自己
太久了，才导致梦中是非颠倒。或者说
这根本就不是梦，但我宁愿相信：就是一个梦
"生活如此陡峭，那么多囚徒
紧紧抱在梦中。"
古人在现实中饮酒，我却在梦里大醉
喝五柳先生的菊花酒，杜甫的草堂酒
苏轼的大江酒，李商隐的蓝田酒，易安的
梧桐酒，还有庭钧、纳兰……
这些孤独的灵魂，酒是他们血性中的
第二重火焰，心中搓洗的黄沙
我曾答应去看多依河
可事实上，我只是枕着一条河水
坐在油菜花盛开之地，痛饮
那金黄的浪涛
代我撞响天空的蜂巢

某个喝茶的下午

壶中，煮得噗噗的泉水

它已不是水，是滚烫的人心

盖碗里的蜷缩的茶条，它已不是茶

是诡谲的沙子

茶汤中住着个隐者，沉默寡言

每冲一次沸腾的水，那凋敝的绿色

都伸展一点，仿佛天空中被风吹起的纸鸢

或许，还藏有一些尖叫和呜咽

但，这些都被续上的茶水

冲淡。此时，两个人的沉默大过江水

友说，过几日就是清明

突然都想到报纸上被认错的尸体

已被盖棺定论，并被莫名地哭泣和埋葬

而那个重新回来的人

无由地失去了

身份

沸腾的黎明

其实，沸腾一直存在
只是这些年，它变得越来越突出
首先，从减少的睡眠与反转的闹钟开始
响声恰如其分地把人和梦分开了
这一过程，将会在身体上
不断延续。像光与影，虚与实
像从时间的汪洋里上了岸
每个黎明都那么的热气腾腾，又带着敌意
每个黎明都在修补，又自己告诫自己
快点，该上班了——
这时，在洗漱间的镜子里看到无数个自己
在这严寒的冬日里，我们像一只装反的烧水壶
滑稽又隐忍，冷峻又无奈
但最终，都沿着噗噗的水汽，一瞬间
带入瓦特的蒸汽时代
让每一天刚刚开始的黎明
颤动与轰鸣

横江秋夜

金沙江在这里，已不叫

金沙江，而叫横江

这横江秋夜，阴冷，路面湿滑

只能蜷缩于宾馆，在床上读兰陵笑笑生的

蛰伏、杀机、凄凉、命运

慈悲、人性与宽广……

但心中还是想听听江水，可江水

何在？我错觉般地认为：它是一头咆哮的狮子

此时，隔壁有人在声嘶力竭地争吵、咒骂

突然间，墙壁像一面无限悬空的黄沙

时间陷落在巨大的空白中

最后，我决定还是去看看横江

看看一个人胸中，到底要装哪一条江

以及

腾空的雪隐鹭鸶

辑 四

与流水书

狮子美学

在月光照不到的山谷
一个老鳏夫
就住在那里。我遇上他时
他正被枯藤死死缠住
它们互为孤岛，各怀鬼胎。见我他便说
"另一个天空里，他正在擦洗
枯枝般的身子。"他求肉与骨的分离
接着补充一句："我也是会飞的。"顿时远处
传来一声炸雷，正是这声音
他露出恶棍般的凶光，稍息又陷入
平静。"那个偷食苹果的女人，罪有应得。"
但，已没有了切齿之恨
"很多时候月光也照不亮我的心，我就视它为己出。"
他还谈及，将石头压在身上，用木棍敲击骨头
恍若礁石被恶浪击打，海水碎成水花
依然活着，活得
像倾斜的天空下，一酒桌的空谈
他在我面前展示锈铁般的十指，又刚好接住
一片虚无而萎缩的羽毛
他交代，"狮子的美学，统统关在
天空的笼子。"他在克隆

一个伟大的复制品

想让他的杰作，在天空里

一生追杀

春风祷

去往滇缅铁路途中，落花
是春风溃败的舞姬
但，对一个只会埋头走路的人
即使春天绿了又枯
枯了又绿，也终将无动于衷
在快与慢的绝对较量下，轨道和枕木
此消彼长，拒绝着一切的模仿
拒绝窥视：流水和命运秘密地埋身体里
车上的人，都是一寸血肉之躯
在一条二级路的旁边，开花和凋谢
我们都无力阻止
他依然是个埋头走路的人
身体里装满了绿色的
炸药

天空往事

在彩虹坳的深处，这里的人们
在雨停的时候，都喜欢
抬头看天空，他们是守住彩虹秘密
最多的地方，但他们却信奉月亮。见我来访
很多人都在无由地回避
且不断谈论起更辽阔的天气
他们心目中古老村庄的尊严、声誉
以及忠孝仁义、礼义廉耻
孩子告诉我，他们极力献祭：那个全村最美的
寡妇，给心中伟大的月神……
可多年后，人们山洞里发现两具枯骨
一直抱在一起
黑发正是当年献祭的寡妇，那出奇白的牙
就是村里人眼中的假洋鬼子
他们悄悄埋掉尸骨，突遇一场雷雨
而雨过天晴，有人看见
村庄后的彩虹上有人行云雨之事
都羞于启齿
心中又终日惶惶不安

对话或呓语

答：天亮之前，必须睡一会儿。

答：否则，夜太长，

梦太多，仿佛要用这一生都不够偿还。

答：这些年来，守着这个电话，一直奔命。

答：有时，它缄默如铁，有时，

它又暴跳如雷。

答：像一座隐秘的水电站，在水底，

旋涡、泥沙俱下。时间越久，焦虑就越持续，

越深刻……

答：可是，一个警察，

谁又愿意替换你手中的拐杖，化为雕塑，

成为藏青蓝。

答：还有谁？一个收集月光的人。

答：或许是我，或许是你。

答：或许，是另一个，

我。

自由落体

那编织着电网的防护窗内
月季开得如火，每一片花瓣都像火焰
医务室的人，正在填写单子
一边询问一边书写：身高，体重
伤疤，文身，吸烟，喝酒，或重大疾病史
之后，又逐项体检：血压、B 超
心电图、抽血化验
这是一个煎熬漫长的过程，结局
已是板上钉钉的小锤，谁也不敢掉以轻心
失去自由的他，突然说："真安静
阳光真好！"他的话
让我一愣。但我瞬间就止住
心中自上而下的
自由落体

梦　中

我时常做同一个梦，梦见

自己是一棵被藤蔓死死缠绕的树

刚刚还在乌蒙山中

一会儿又转换到红河河谷

有人在红色的水面上，撒下红色的渔网

一瞬，又进入了茂密的热带丛林

那些骑着大象的军队

他们穿过丛林的巨响，不亚于一场雷鸣

我藏身岩石下，突然被藤蔓拖出来

和一只老虎关在一起

它看见我了。可自己是一棵树

老虎绕了一圈

回到原地

白纸黑字

我愿，把每一张白纸都当作昨天
像婴儿吮吸过的乳房
我愿，把每一个黑字都当作未来
像永远难以抵达的彼岸
在文字失传已久的古老寨子里，我们又陷入
手势中。而手里握着的白纸，正散发出
草木灰蜕变的气息，如此的洁白
白得像巫师的咒语，能自由出入天国
拥有了那么多的慈悲，为那些死去的人盖住脸
而在适得其反的蝴蝶效应中，它失去
存在的意义，仅是一张纸
远远不比一纸判决、标语、广告
笔录、日记、字画
更能掷地有声。但我却希望
我们返回的黑字能给
白纸立传

以梦为马

转过陵园的拐角，到竹林边
就落下雨点，可这春日的凌晨时分
陵园幽深，有些悚然
我瞬间又把一颗疲惫的心，重新
装回自己的身体
在竹林，在田畴，在屋檐，在热带雨林
在沙漠，在海上，在悬崖……
这样的遭际，有些薄凉
这眼前的雨，不由分说地猛烈起来
有的是兀自站立的，有的却是横冲直撞的
有的已被另外的深深淹没
雨在雨中制造了废墟，甚至金字塔
更多的在临摹画虎，以梦为马
可那些砸在玻璃上的
瞬间就碎了

沙子的世界

沙漏摆在面前，我却无法
理解沙子的世界，它滴答、滴答
仿佛从我的身体里绝情地
剥落。凌晨时分，一个常常失眠的人
就是那个巨大的沙漏瓶
睁着的眼睛，是一只笼中的萤火虫
我听见醉酒的人，坐在路边寻找他的水滴
逢人就说："给我水，给我水……"
其实，水就是渴死的沙子
但他一直不知道
这正是悲情屈从于时间的地方
那么多锈迹斑斑的人，都争先恐后冲向水源
一个喝醉酒的人，最好不要号叫
而是沉默。对于醒着的我，又是那么
孤独，听着自己的水滴
经过沙漏之后
滴答
滴答

破庙中的审讯

在金沙江的上游
我是最后一个到来的人。破败的
寺庙，长满野草，残瓦上落满雪粒，又从
屋顶飘落下来。那些白色的雪
在蛛网弹了弹，就落在佛像上，像个
钢丝上急速冲刺的运动员，把最后一丝冰冷
拱手让了出来——
而融化的雪水，正从佛像日益堆积的灰尘上
流下来，像一行慈悲的泪，冲击出一道尘埃的沙滩
一身破洞的窗子，吹得呜呜作响，一扇门
倒在地上。庙里陆续有人进来
一个驼背的老者，一个眼睛如铜钱
脸如圆盘的大汉，最后是一个抱着孩子的女人
旁若无人，从她进来就一直亲吻孩子
正是这突如其来的变故，终止了审讯
每个人都假装得相安无事
唯独他，突然下跪在满是灰尘的佛前
惊愕的人们，都看着他
落雪
轻轻压住了灰尘

江水磨孤刀

江心孤岛,渡船上
船工在船尾,船腰是三个学生
船头是个斗笠客。我的落座
还是引起他的警觉,向船舷挪了挪
江风浩荡,追逃已有数年
船工日日,习得三教九流,讲起了故事
"一个想藏身水里的人,鱼就是他活着的证据。"
讲这些,我不以为然:一个渔夫的结局
莫过如此。而渡船太过缓慢
学生无聊,想用手机拍江水,船工无礼地呵斥道
"水里的秘密,不能带走,就让它在水里。"
这话有趣得多,或许另有隐情
他说,他在很多个电闪雷鸣的夜里,船到江心
便看见孤岛上那个寡言的渔夫,对着天空
发出野兽般的号叫,撕心裂肺——
像是一个孤魂,等待泅渡
像一个幽灵,搅起江上大雨如注,一阵猛烈一阵
巨大的江水像在磨着一把孤刀,感到恐惧
浑身毛骨悚然
话至此,我身边的斗笠客

不自觉地压低了

他的斗笠

谱　系

常伴烈士陵园的，是苍黄古松

一活就是几百年，就那么一直站着

谁也不知道它们的来历

——层层叠叠，蜿蜒延伸到山顶

走过陵园时，我总是叹服这不易衰朽的事物

说到心肠，没有比石头硬的；说到伟大

没有比一堆白骨持久的。陵园下

那个新的广场正在崛起，热情洋溢的音乐

在源源不断地输上来，而墓穴中

那么多老骨头，再也不能跳广场舞了

将来，会有更多的新骨头

加入其中。从一张脸

换成另一堆骨头，从一个血肉的自己

换成一个虚无的自己

想到这些，开心已无从继续

取代它的是画虎的谱系。它焦虑

不知疲倦

满怀狐疑

梦里追凶

已没有对或错，是与非
更不知道，脚下是泥沼，还是磷火
假如有一天，你是一枚
人间的棋子，也不要再追问
我是谁？那个一直潜逃的人
悬于公堂。而梦里追凶的人，踌躇于路口
往北，遇到父亲在果园深处，捡落叶
折回，再一次往北
看见一个拼命洗着枯树根的老妪
雪白的头发，像滇东北高原的一只白鹤
再折回，又一次往东——
密密麻麻的马尾松丛林，荫翳，衰朽而多疑
尽头处，是一块爬满苔藓的光石头
他顿感身心俱疲，无从追缉
一次次地反转，他觉得那个苦苦追缉的人
有时，就斜靠在自己心室的囚椅上
歪着脑袋，一脸的满足感
多么不可思议
最后一次，穿过山谷时，空旷的
原野之上，只有一棵
时间的树

把稻草抱到天空去

在巴达山，热风扑面，古木参天
鸟鸣像个诵经的小沙弥
当我还在寻找山路
友人发来微信："研讨会上，雷平阳先生
说，云南青年诗人，要有把稻草抱到
天空去的野心……"
听了这话，我心头一热，坐在
一截枯木上。抬头看天空中流云飞窜
山风沁入人心，楠竹抱成一团
眼前的这一切，让我茅塞顿开：哪里都是
出去的路，哪里都是归乡的路
又或者，索性坐在这里，哪儿也不去
就陪这些人工种植的小茶树
长上一千年，等那些
远道而来的人，在一片叶子里
聆听沸水下，一个诗人
藏身于此的心声

大海的供词

"站在天涯海角处，落日

像一条逃出水面的鱼，火红的鳞片

照亮亡命的心肠。"他的话

让我为之一动——

"活着，就是一场悄无声息的缴械投降

再大的苦，也没有海水苦

再大的诱惑，也没有辽阔的大海大

再大的魑魅魍魉，也不及浪涛一生的万分之一

大而无当，就是自我否定……"

我想，他是一个爱大海的人

每一只鸥鸟，都变成他溃散的亲人

每一颗心脏，都是一页被洗礼过的供词

如此之蓝，对于一个绝望的人，还是输给沙子

那个迷雾中不安的美

高于这 23 楼的人世。最后他说

"你们把我女朋友找来

我就下来。"

树冠上的咒语

巫师在他的肉身上

燃起火焰

多年来，他知觉丧失，肉身只是

他存在这世上唯一的皮囊

我并未有求于他的愿望，他却突然凑近

伸出两根老树皮一样的指头。我说

是不是你的两个儿子？他摇头

两杯酒？他摇头；两根烟，他还是摇头

最后，他慢慢收回两根手指，石缝般的嘴唇里

挤出一行字："我的两个灵魂被盗了。"

我突然意识到，他曾是一个爱酒如命的人

喝醉了，逢人便说

他在摇晃的树冠上

给自己施咒：一个灵魂守住他的肉身

另一个去迎娶月光新娘

后来，他还是逢人便说

但通常，人们已不会当面拆穿他

让他继续说谎

演 员

又一次被推向聚光灯下

接受众目睽睽的剥离，接受灯光

接受流水的拷问。他一个人

击打自己的鼓，咏唱自己的歌

他必须推到大厅中央去，交待虚妄的陈述

丧乱：视枯萎的草木出自他手

视人间乐土皆为心生。而深渊的梦

落满了时间的机锋，又暗藏着绝对的

哲学尘埃，逼迫它们以退为进，以守为攻

甚至在空气中，种下一颗有着葵花特质的乳牙

咀嚼流水，平衡美的钢丝

把斜塔和高墙，拴在一根绳子上

设置为两只等待救赎的蚂蚱

让它们互生怨愤，又抵消着此长彼消的

善恶、爱恨、生死……

然后，把每一个白天都隐喻为黑夜

把每一天的煎熬隐喻为恩惠

把现世活成

来世

在警史馆

陈列着那么多刑具

脚镣，手铐，警绳……

移步往前，我明明听到："刑不上大夫。"

可为什么

我的身体里又叮当作响

甚至，在靠近肋骨地方，突生尖刺

离开警史馆，都舒了一口气

心又重新回到了身体

其实，在观摩中，很多人和我一样

都听到一把冰雕的锥子，在时间的对抗中博弈

在肉身、文字、人伦、教化、荒诞

甚至是，宗教、政治、哲学

或经书里

被一次次地逼退疼痛

但谁也不愿轻易

喊出来

来人了

庙里的八哥会说话了
至于它是谁教的，何时教的
人们也说不清——
只要一有响动，它就憋着嗓子喊
"来人了，来人了……"那份高兴劲
那份永不厌倦的热情，迸发出
它乐此不疲的哲学，有时可能是一阵大风
有时可能是另一种鸟叫，有时
是一片月光。但不论何时，它都是
一副报喜不报忧的腔调
更多的时候，是它在笼子里
上蹿下跳，自娱自足
练习"来人了
来人了……"

黑色幽默

百米开外的弹坑

密密麻麻的轮胎，堆砌成一座

橡胶的监狱，或者说一片黑色的泥沼

在时间的废墟上，每一个练习者都在瞄准

都在对准虚拟的敌人射击，都想

弹无虚发。事实上，谁都不是天生的神射手

谁都有成为一名神射手的潜质

这并非罪过，是生而为人的卑贱

当很多的误解叠加一起，就是一场战争

灾难中，很多无辜的生命

失去家园和亲人，饱尝那担惊受怕的枪林弹雨

煎熬、困顿的炮火烽烟……

射击结束，我还停留在刺耳的枪声里

想着那些迅速飞向轮胎的弹头

有的整个落在地上，有的却是半遮半掩

更多的，肉眼已经看不见了

有时，正是这样一个橡胶的缓冲

安抚了

多少子弹的亡魂

与流水书

诸相非相，皆是虚妄。

——题记

一

这些年，胸中的流水
越来越少，越来越窄，越来越
水尽山穷。让彼此都陷于高山：一座又一座
又沉默于流水，犹如困兽，猿啼虎啸
其实，高山与流水，已分道扬镳
人间场上，高山是山
流水是水

二

许多人在山巅上高谈阔论
但，有的人却心无旁骛，抡锄或提刀
向宿命的石榴，掰出果肉，给流水
草拟协议，给一群流水的囚徒，签订了卖身契所以，在场人心里知道——

火药终归炸不出，一条通往月光的运河

可梦里的那一把冷兵器，它削铁

如泥，吹发可断

三

在扶贫办 307 室，遇安哥①手持流水

像一枚透骨针——

既一针见血，亦针针见血

对于一个在针尖上磨字的人，他的针

诡谲、尖利，有万夫之勇

但，一个在时间岩层太久的人

他手中的针，必将会低于喧嚣的人世

又高于匍匐前行的火焰

并无数次淬炼，无数次焚烧和锻打

才能使那些在流水上的浮萍

从石头和深渊里经过时，都能让一让

都会向每一根骨头退一退

然后，把自己的流水都付诸流水

在流水谵语的山门中

做一个敲钟人

---

　　① 安哥，男，扶贫工作人员。

四

从流水上回来的人

讲述着流水途中的历险

有暗流，就必有险滩

有漩涡，就必有飞瀑，和一个

绝处逢生的深潭

但他，一直按捺住"绝处逢生"这个词

多少个日日夜夜，仍还有那些在桥上肉搏的人

他们还在义无反顾——

他不寒而栗，必须守住已造册的承诺书

和透骨绿的印纹，那是见血封喉的人间契约

写满无穷无尽的悔过书、决绝书

把一生的流水，都换作通往真相的隧洞

那时，他在水底写家书，石中劈掌

最后统统都被运往雪山

从自己的望乡台，当作蝼蚁的骨灰

撒向虚无

五

"任何的凯旋，都将是一次

崭新的一败涂地。"

太多悲情的世界，偏偏狭路相逢

偏偏堆满闪电和风暴铭文，从天空中
制造一场骇俗的惊涛。很多
记录者、咏叹者、旁观者、呐喊者
坐享其成者、烹羊宰牛者、归去来兮者……
他们正涉水而来，加入到
西西弗的巨石下：狂热，迷乱
又旷日持久。在星空下，遥遥无期地
修补每一根骨头里褪色的
江水

六

辉哥①，一个可以驭象的人
每天都坐在大河之上
听电话，收红头，填表格，发通知
与流水对峙、消耗，怀疑流水与自己之间
是"乒乓球的宿命，不是自己打
就是被人打……"
而每一次风平浪静的背后，都孕育着
一场黑色的集体出逃——
甚至是泪水泡的面，日落煎成的蛋
然后，一遍又一遍数着细沙
冲向汪洋，以沙洗脸，才发现自己的身体里

———————

① 辉哥，女，扶贫工作人员。

埋着很多洱海的水，苍山的雪

有人在打捞，有人在贩卖。那一刻

她的小女儿正坐在门槛上

手捧着小脸，等待她的女主角

从彩虹之巅

带着一群大象回来

七

在越来越界限不明的流域上

灯光代替了月光

风扇代替了清风，键盘代替了手迹

每个人胸中的流水还那么偏执，急于差遣

像勾兑的劣质酒，一喝就上头

——喝就往下沉——

沉得深了，就像公园柳树上的白鹭

每个晚上，遇到路人

就打开空气里的喉咙，鸣叫

八

仿佛，今夜的渊薮，到明日

就一去不返，就能流水清亮，就能

不再自欺欺人。其实，有的人是靠骨头

硬撑着，并手持烛火：点燃、拨亮、点燃、拨亮

很多个凌晨，小马哥①正低着头
像个燃灯者，在流水觊觎着他的寡言上
搭建着他的铁闸，加固、筑牢，坚而不可摧
把方案、报告、请示、通知、讲话稿
会议、信息、主持词……
统统巡视一遍，统统视如亲生
事实上，他也是个在烙铁上熨字的磨刀人
一边统筹一边熨，一边又洒在流水上
一边磨一边砌，一边又拆卸一空
很多时候，独自一个人走在蜂拥而至的波涛中
看多了穿着旧袈裟的，丢盔弃甲的
搬运雪花的，还有吞沙的
贩卖流水的，也有在流水上失踪的
最后，在自己的月光中
回到流水身体

九

流水不腐。有人在酒里
医治旧疾，也有人从狂沙中
打捞火焰，可谁也别想
在流水上讨到便宜
妄想打败流水。这些都是徒劳之举

———————

　　① 小马哥，男，扶贫工作人员。

当绝对学和相对论出场，并纷纷登台演讲

眼泪的收纳器，情绪的

碎石场，以及无数暗藏在巨石下的血

再一次沸腾。可流水的影子

在《西西弗神话》，找到一个替身

它们惊人地相似，加缪大声

疾呼："天才对什么

都不原谅

因为天才拒绝原谅。"

十

灯亮着，就代表有人醒着

今晚，有人在自己夜空的铁轨上

偷偷篡改了变道闸，用伐木与冶炼法

指引着数字帝国的人们，涌向

冷飕飕的法老广场——

他们画地为牢，日复一日地填沙子

又搬运自己满身的铁锈，送进了轧钢厂

他们一边捡起了未来，又一边幸灾乐祸地吟唱：

"天垮了，还有高个子顶着……"

他们虔诚，自恋，笃信，严防死守

他们中有更多的人加入，彼此都看不见自己

但他们相信，灵魂的清风会找到入口

在通向密西西比河的木舟上，蛙鼓齐鸣

而另一些人，却身陷流水

像个泅渡的钟表匠，寻找指针的星空

纷纷赶往古老的洗髓池，在流水的枯枝上

一寸一寸地撬下生铁，浣洗沙子

把身如蝼蚁的命骨

——校准

十一

曾经，无数的青草附在身上

它没有流失水土：花香，或者鸟语

都散发着少女般的酢浆草

小骨、小人儿、小命运。像个假托的演员

分不清戏里、戏外——

他的子弹不止一次穿透银幕，射向观众

这一再上演的悲剧，总是被花朵的名义掩盖

让死里逃生的人们，重新回到座位

重新抬起头，观赏着虚拟的

天空，回到了置换的

峭壁上

十二

如今，身体就是一堵漏风的墙

彪哥①，一个善在沙粒上

雕刻流水的人，心尖的暗河中

总有清亮的嘀嗒、嘀嗒声，可她每次

都紧紧摁住，不让它轻易泄露

当灯火通明的列车，开向黑浪翻滚的夜空

她不会选择独自逃生，也不会选择

再一次重回锈蚀的峭壁

她会在古老的文字巫术里，用她的陶罐

营救那走投无路的沙漏、匕首

把溃散的演员、将军、豹子、乌鸦

甚至是五加二，白加黑

都统统移位。在女儿刚刚醒来时

巧妙置换成——

阔叶林、小木屋、小矮人

十三

与流水之书，就是一封

压在烙铁下的天空之舌，一封寄往小人国的

鸡毛信，也是一封寄给那些

为流水卖命的亡命徒。在"错"与"漏"的深渊

很多人在喊冤，很多人在自暴自弃

"渡"与"被渡"，已模糊成缓慢的痼疾

----

① 彪哥，女，扶贫工作人员。

在另一双眼睛里滋生、繁衍

多么令人心惊啊。可缠满血色的余晖

总是一次次暴露笑声

那些贩卖文字亡魂器皿的人，他们

在象牙塔里走钢丝，在自己的身体里灌注着

铅块和沥青，在心上注射镇痛剂

从苦胆的汁液提炼

金色蜜饯

十四

最终，每个人都选择抱石取暖

失去了流水录用的资格

于此，都折身抱着时间的钟表冲向大海

那是一面多么辽阔的钟面

而且，有那么多的人

都在这钟面上磨着自己的镜子

"后来，那么多人就在大海上等着

等着活

等着死

等着做忏悔，遥遥无期。"①

---

① 电影《泰坦尼克号》中经典台词。

十五

整个晚上，每个人都在水底

低吟、徘徊、游荡……

而那个第一时间浮出水面的人

打破日常的沉默

突然，姬哥①的铃声响了，那一瞬间

星空如此浩瀚

蓝色的夜幕上，小女儿的小世界

来到了综合科的 307 室

孩子的笑声，唤醒七个人的流水的秘密

她本是一个手拿画笔的人

命运却让她，回不到色彩的宗教和美学的抽象

找不到返璞的路，舍弃那么多

小蘑菇，却听命于自己的身体之中

偏执、狭隘、盲从，卑微、羸弱、孤独

这时，在场的六个人

都犯了相同的错误，给被缚的流水

松了绑，聆听一个孩子，搬开

压在母亲天空的乌云

与大地重逢

---

① 姬哥，女，扶贫工作人员。

十六

日落江面，众鸟归林
我们始终紧紧捂住胸中的"光"
害怕疯狂的飞蛾扑进身体
制造浩荡的铁屑
而每个人抄写的经书，都压在巨石下
"都说时间是一把筛子，可以筛出世间万物
包括：善恶、美丑……"
每当这个时候，人们都充当了筛子的
一个小孔，让大海上的虎鲸
从海水中提炼盐粒的晶体，让天空的老房子
再不容留天下的杂草，让守株待兔的人
苟延残喘，让叶公好龙的人
自食其果，让无数的沙子，在流水上
把那些使命与求全，都统统
碾碎——

十七

早已不知身在何处
那个写自传和神话的人，又被
一阵大风吹散了。在人们通往未来之国的路上

曼哥①是个反复抱光的人，"桂棹兮兰桨

击空明兮溯流光……"②

她小心翼翼，把每一根监测和返防的钨丝

都标注了人世的密度，水银的重量

以及大象的骨骼。在寄身流水的灯盏里

盲人正集体赶往夜空的小镇：膜拜，或祈求

庇佑，又返回离天空最远的沙滩

唱歌、喝酒、跳舞……

喝醉之时，每一个都是一头酒狮子

又回到了沙化的草原

其实，她是一个心怀古筝的人

可以"渺渺兮予怀，望美人兮天一方"③。

可惜很多人身体里的钨丝

都是在等待输送

白白地坐在"光"的废墟上

打捞

别人流水的光芒

十八

是流水，让易逝的事物

---

① 曼哥，女，扶贫工作人员。
② 出自《前赤壁赋》。
③ 出自《前赤壁赋》。

越来越多。比如

光，善良，相爱，仁慈，青春……

无一例外地珍贵，而那个从别人身体里取水的人

盗取了天空中的钥匙，搬运流水

想看看肉身中有多少水分，多少沙子

真相中，一部分逃到了森林，不愿再回来

另外的一部分，它们在流水里数沙粒

做了梦里时间的杂役，它们

嚷道："我梦里没有沙子，是一座拱桥

在风里，被投进灵魂的江水。"

当流水再一次被分裂为一种意志时

梦中的人，还是一样地后撤

他们顶替了一切的铁匠、电工、守卫、司机

他们让数沙粒的人遵循着永恒

把森林的人，封锁在漫无边际的石窟中

与灌木林、老虎和石头杂居

让逃亡的代价，活成一棵橡胶树

"在每一道黑夜割开的伤口

都流出

黏稠的汁液。"

十九

流水归还流水。在流水上

缝合伤口的人，在流水里找到

那个开凿月光的运河的人，并原谅了他
而在流水上开采沙子的人，流水也原谅了他
唯独在流水上跳舞的人，他们
从流水的身体里雕刻无数精致的铭文
把更多的肢体语言画在绝壁
把我们到我，再一次偷偷地送上流水的山巅
让途中每一个手无寸铁的人
都无法返回，盲目的人已把路堵死
焦急的人，试图在流水上
百米冲刺。可那是多么地徒劳
和白费力气，可知流水
终是"逝者如斯夫
不舍昼夜"。

图书在版编目（ＣＩＰ）数据

烟柳记 / 芒原著. -- 武汉：长江文艺出版社，
2020.11
（第36届青春诗会诗丛）
ISBN 978-7-5702-1870-7

Ⅰ. ①烟… Ⅱ. ①芒… Ⅲ. ①诗集－中国－当代
Ⅳ. ①I227

中国版本图书馆 CIP 数据核字(2020)第 205379 号

特约编辑：隋　伦
责任编辑：谈　骁　　　　　　　责任校对：毛　娟
封面设计：璞　闾　　　　　　　责任印制：邱　莉　　王光兴

出版：长江出版传媒 ｜ 长江文艺出版社

地址：武汉市雄楚大街 268 号　　　　邮编：430070
发行：长江文艺出版社
http://www.cjlap.com
印刷：湖北新华印务有限公司

开本：850 毫米×1168 毫米　　1/32　　印张：4.875　　插页：4 页
版次：2020 年 11 月第 1 版　　　　2020 年 11 月第 1 次印刷
行数：2851 行

定价：46.00 元